옆방의 부처

일러두기

· 홀수 쪽에 시를 싣고 그에 해당되는 저자의 덧붙이는 말을 그다음 짝수 쪽에 실었다. 다만 페이지에 공백이 발생할 경우 시와 덧붙이는 말을 나란히 싣기도 했다.

옆방의 부처

김 영 민 시 집

글항아리

자서自序

나는 철학자나 인문학자의 이름을 달고, 무능한 선생이자 초라한
서생으로 살아왔습니다. 그리고 이 수상하고 무익한 시대의 변명
으로서, '시를 배우지 않으면 말조차 할 수 없다(不學詩無以言)'는
공자의 말씀을 떠올리곤 했지요. 그래서 항용, 말없이 어늑해지는
자리에서 희뿌옇게 새 말이 돋는(黙黙忘言昭昭現前) 작고 귀한 체험
들을 모아서 내 공부의 경위(經緯)로 삼곤 했습니다. 철학자든 시
인이든 필경 우스운 이름이지요. 다만 말에서 벗어날 수 없는 존
재이므로, 바로 그 말—길과 더불어 못난 재주를 부리며 최선을
다하는 것, 그것뿐입니다.

1부 차마, 깨칠 뻔하였다

2부 **말로써 말 밖을 볼까**

3부 좋아해요사랑해요지랄(知剌)이에요

4부 대숲이 반달을 쓸 듯

5부 사창에 동살이 돋기 전이면

1부

차마, 깨칠 뻔하였다

세 번

장군만 한 황잉어가 허공에 치솟아
무대 아래의 돌고래처럼 요연하게 몸을 꼬았다
세 번

인연은 쉬지도 서둘지도 않는
공부길처럼
몸에 얹힌 기억을 잊지 못한다
천재(千載)의 황매(黃梅)를 기약하더라도
오늘은 잉어가 침몰한 자리다
세 번

── 기미(幾微)를 읽어 길고 가만히 살피면서 그 약음(約音)에 유의하는
것. 이것이 곧 '알면서 모른 체하기' 공부의 단예(端倪)인 것이다.

더 낮게 흐를 수 없는 물도

더 낮게 흐를 수 없는 물도
가만히 있진 못하지

나태한 민물자라의 하루도
제 길이 있고
뒷골 딱따구리 허투루 바빴던가
털어내고
아예 덜어내면
마음자리 바뀌는 곳마다 다시 제자리

더 높이 흐를 수 없는 구름도
가만히 있진 못하지

── 움직(動)이고 변(變)한다. 자라서 늙는다. 밤이 깊어 새벽이 튼다. 다하면 돌아든다(窮則反).

차마, 깨칠 뻔하였다

내가 어느 날 어느 이국의 아득한 곳을 혼자 걷고 있었는데
문득 담 하나를 격하고
千年
고양이 여섯이 종루 안에서 졸고 있었으니
그 마당을 여섯 번 돌면
차마, 깨칠 뻔하였다

── 어찌, 깨치겠는가? 삶의 길고 어두운 길을 붙안고 살아가고 있으니 어찌 차마 깨치겠는가? 삶의 자리 자리들이 바로 눈앞에 있으니, 아, 어찌 차마 깨치겠는가?

차마 깨칠 뻔하였다(2)

온 생애를 돌아
다시, 그곳을 걸었어
상처가 그려놓은 맹점 속으로
미래의 얼굴 속으로 가만히 자리를 옮겼지

여섯 번
노량으로 돌다가 그날의 고양이들을 다시 만났어
한 놈은 석등 속에서 졸고
다른 놈들은 낙엽을 쓸고 있네
사람이 바뀌면
잡초 하나조차 다르게 선다고 하지
낙엽이 천년처럼 수북한 연도(沿道)의 저편
쪽문이 어느새
벽관(壁觀)을 재촉하는데,
그 문 위에 얹힌 모란(牧丹)
잠시 만져만 보아도 깨닫겠더라

── 사람들은 '깨쳤다'고 말한다. 그러나 고금동서의 서적을 뒤져도 그 깨침의 '내용'으로 대단한 것은 없다. 다만 그 실천의 극한에서 제 깜냥의 스타일이 보일 뿐이다. 무엇이었을까, 그것은? 자기개입의 수행성(遂行性)이 온전해짐으로써 가능케 만드는 그 내용의 착각은?

불이(不移)

바보들의 혀는 주저함이 없는 기하학
당기지 않고도 날아가는 제 생각의 살(矢)
힘-껏
외치는 대로
독단은 지혜가 되고
목이 쉬도록 눈알이 붉어지면
원망(怨望)은 불현듯 진리의 이명(耳鳴)이 된다
확신은 제 악취에 취한 채
자아의 소굴에서 오월의 벌꿀처럼 흘러나온다
말 없는 개미들의 시체가
역사의 연금술을 증명할 때까지
산죽(山竹)처럼 붙박은 그 자리
바뀌지 않는다

── 하우(下愚)는 변함이 없이 불이(不移)한다. 그 관견(管見)의 고집은 변함이 없이 변하지 않는다. 육체가 변화하고 늙어가는 일을 번연히 체험하면서도 정신이 자라고 변한다는 사실에 눈 먼다.

사람아

사람아
네 똥을 보고 싶어
부처의 시선으로
그 마지막 생명의 지절거림을 보고 싶어

짐승의 운명을 넘어서는 길은 오직
똥 속에 있어
똥을 먹고 밥으로 싸지 못하면
공부는 헛일
정부정(靜不淨)의 상(相)이 나뉘면
자비는 거품

사람아
네 똥을 보고 싶어
다시는
되돌아가지 않을
샛길의 초입에서

── 불이(不移)는 어리석음의 표상이고 불이(不二)는 그 모든 지혜가 닿는 고요한 자리다. 똥이 그 똥을 싼 사람과 관계 맺는 방식이 이 경우의 극명하고 절박(?)한 사례가 될 것이다. 왜냐하면, 그 누구의 말처럼, 사람이야말로 제 똥을 놓고 어찌할 바를 모르는 존재이며, 제 똥으로부터 불이(不二)할 수 없음을 잊은 존재이기 때문이다. 그러나 둘을 혼동하지 말라는 뜻이지, 똥을 네 몸에 덕지덕지 붙이고 다니란 말은 아니다. 응속불혼(應俗不混)!

옆방의 부처

옆방에 있는 부처는
이미 아득한데
아늑한 네 골방은
변명으로 움직이는 세상의 중심
여름 볕은 가을 물을 잊었고
너는 내 이름을 달리 부르지
네 생활이 터한 고주(高柱)의 그늘에는 이웃 하나 없어
문을 열어도 하늘은 낮아지지 않는다
사방을 접어둔 네 방은 완벽해
전설은 비켜가고
미래의 신화는 수취인 부재의 옆방
부처의 음성이라도
옆방이라면 이미 아득하지

── 비코(G. Vico)인가 혹은 누군가가 '호기(好機)는 사방에서 굴러다 닌다'고 한 적이 있다. (이제사 누가 말한 게 그 무슨 상관이란 말인가?) 그리고 그것(들)은 네 문턱에 닿아 차마 그 전령(傳令)의 눈썹이 보일 뻔하기도 한다. 하지만 너는 결코 네 문을 열어 그 기별을 영접하지 않는다. 도스토옙스키도 꼭 같은 상상을 펼쳐낸 적이 있지만, 나는 예수나 부처와 같은 이들이 잠시 내 옆방에 머물다가 필경 내가 만나지도 못한 채 떠나가버리는 '생각'을 해본다. 물론 이것은 나 자신만을 위한 상상이 아니라, 인간이라는 어긋남-어리석음에 항용 스며드는 것이다. 대개 노력은 중성적이지만, 기회를 대하는 태도에서 그의 어리석음과 밝음이 드러나기 때문이다. 아득한 존재가 곁에 있어도 늘 너는 네 아득한 변명 속에서 홀로 바쁜 에고일 뿐이다.

흰 나비 날아간 길엔 멧돼지도 걷는다

네 생각대로 찧고 부스대고 까불거려도
늘 시간만이
어진 조화(造化)

제철을 좇아 피고 지는 영겁의 환대(神応対)

흰 나비 아련히 흘러간 길엔
멧돼지도 걷는다

손오공이 일껏 날아오른 손가락 하나
생각의 구름 봉우리 위에서
여의봉(如意棒)을 휘둘러

후이~여의(如意)
인생은 짧고
호이~여의
생각은 어긋난다

── '우주는 변화이며 인생은 의견이다'라고 말한 황제가 있었다. 황제라는 지위가 불원간 먼지처럼 사그라져갈 것임에 대해 그의 이른바 '선구적 결의(vorlaufende Entschloßenheit)'(하이데거)가 있었고, 따라서 스스로를 무상(無常)의 우주 속을 지나가는 한낱의 의견으로 이해하고자 했다. 이러한 배경 아래에서라면 사람의 '생각'이 어떤 성격과 위상을 지니고 있는지 누구든 '지혜롭게' 알 수 있을 법하다. 이른바 제행무상(諸行無常)인 것이다. 그리고 무상(無常)에서 배우는 무상(無上)의 지혜는 '생각'과 의도의 어긋남, 그 어리석음이다.

잉어가없다고했다

마흘(麻迄)마을의위쪽저수지에는잉어가없다고했다
둑방곁에홀로과수농사하는최씨
제아내는해운대에풀어놓고
농원에는검은개를풀어놓고사는데
적바림전지(箋紙)를들고다니는나를바짝힐문하다가
허, 여긴 잉어가 없소, 했다
저수지의상류굽은물에는
주말농장하면서산불방지용방송트럭을꿍쳐몰고다니는강
씨가사는데
내게땅보러왔는교아래위를길게훑어묻다가
이물속에서잉어는커녕큰물고기는본적도없어요,
건넛마을운정호수에더러있지요, 했다

내가실없는산책객으로이곳을겨우몇차례내왕했을뿐이지
만

어느봄날정오에

어른다리만한잉어가세차례썩이나허공에솟아올라

제몸을묘하게비틀어내게인사하던일은어쩌며

오늘바투물가에붙어걷는중에

불과석자앞자리물위로다시그흑황색빛나는몸을내게보여
준일은어쩌나

── 내가 평생을 공부해서 얻은 직관의 알짬은 이른바 '불이(不二)'라는 것으로서, 실은 아무 새로운 것이 아니다. 그러나 '지식이 지혜가 되려면(轉識得智)' 이를 자신의 몸으로 체득하고, 이를 다시 생활 속에 안착시키는 게 요령인데, 나는 이를 일러 오랫동안 '비평'이라는 말로써 품어왔다. 그러나 다시 비평에서 가장 요긴한 준비는 '개입', 즉 자기개입의 맹점에 대한 주의다. 그래서 불이의 켤레 개념으로 개입은 피할 수 없다. 이것은, 다시, '광활하고 알 수 없는 우주 속을 지나가는 인간의 정신'이라는 말과 아무런 차이가 없는 것이다.

바다를 처음 본 것은 멍게들이 아니지

바다를 처음 본 것은
멍게들이 아니지

몸으로 가을 언덕을 넘지 못하면
내일의 바람 맛을 모르고
종복(從僕)의 표정으로 옆자리에 내려앉지 않으면
주인의 비밀을 알 수 없어

인생은 제 덫에 물려
언제나 외눈박이

오해를 삼키면서
소문보다 빠르게
사막을 건넌 자들만이 보는 곳

내 그림자가
영영 쫓아오지 못하는 곳
은원(恩怨)이 가시고 통곡이 멎는 곳

하늘을 맨 먼저 탐닉한 것은
꿩들이 아니지

── 제비의 가능성은 진흙보다 낮게 날 수 있는가, 그러면서도 진흙에 묻지 않는 날개를 지닐 수 있는가, 에 있다. 내 희망은, 내 존재의 기획은 과거의 그림자보다 빠르게 달아날 수 있는가, 에 있다. 물속에 있다고 물을 아는 게 아니고, 하늘을 난다고 하늘을 알 수 있는 게 아니다. 그러므로 물보다 빠르게, 하늘보다 빠르게 물과 하늘을 벗어남으로써 외려 물과 하늘을 제대로 알 수 있는가, 라는 기획이다.

욕(慾)의 계보

어릴 땐 노박이로 금욕이었지
항문으로 전기 먹은 듯
팽팽
혼자 생각 속에서
세상을 이겼어

제 고집 속에
하나밖에 없는 환(幻)을 만들어
제 나이만큼 절실하고
그 깜냥껏 황홀했지

눈꺼풀 떨어진 세상은 두서없이 절욕을 가르치더군
문자의 피로와 환멸을 배웠지
낙망과 반딧불이의 희망을 읽었지
제비 날개에 묻은
진흙의 사연을 알았어

타인들의 생활을 값없이 괴로워하며
고층의 움집 속에

월동(越冬)의 세월이 길었어

금욕은 시시하고
절욕이 답답할 즈음
잔풍한 뒷산 너머로
회임(懷妊)의 기별이 들려왔지

하아얀 의욕의 탄생을 알리는
별신(別信)
환(幻)의 너머를 재촉하는 내일의 환(幻)이었어

── '하아얀 의욕'은 욕(慾)의 변화와 그 추세를 오래 살피던 내게 문득 다가온 소식이었다. 물론 이런 종류의 의욕은 이미 의욕을 넘어선 것으로서, 하이데거가 말한바 '의욕하지 않기(nicht-wollen)'와 다르지 않다. 그것은 생각이 아니었으니, 생각보다 빠르게 다가온 사건이었기 때문이다. 신자(信者)가 그 신(神)을 규정한다고 했듯이, 에고가 그 욕(慾)을 규정하는 법이므로 생활을 지배하는 욕의 성격은 곧 그의 생활양식을 규정하고 지배하게 된다. 나는 의욕이 환해지는 에고의 틈을 살피고, 이를 말하고, 이로써 하나의 운동을 드러내고자 하였다.

개들의 슬픔을

개들의 슬픔을, 오직 그래서
내 슬픔의 깊이를
알게 된 날이 있었어

두 마리 개가 낮게 묶여 있었지
참새들이 호되게 붉은 하늘을 가르고
농부들은 제 땅만을 부지런히 긁고 있었어
한 마리는 먼 데 구름을 보고 있고
또 한 마리는 나를 부르더군

인간의 표정이 가 닿을 수 없는 눈빛으로
아득한 비인(非人)의 언덕으로
슬픔이 탄생한 첫 자리로

개들의 사연을 읽었어

── 내가 평생을 공부한 끝에 얻은 진상(眞相)은 역시 개입과 불이(不二)다. 이 둘은 필경 같은 말이지만, 이 문제에 관한 한 우리는, 길고 깊은 호흡이 아니라면 깨닫지 못하는 거리에 의해 내밀려난다. 근본적인 개입을 깨닫는 게 불이이기 때문이며, (마치 '어긋남의 윤리'가 어긋남의 현실에 대한 깨침에서 생성되듯이) 불이의 현실에 대한 자각은 우리 각자가 새로운 개입의 실천에 나서도록 격려하기 때문이다.

유성처럼 빠른 네 죄가 새벽의 흰 눈을 밟았어

.

귀신에겐 관객이 필요하다지만
늘 사람이 선손을 건다
사람의 붉은 입김이 귀신을 불러
자기도 없이 자기를 만들어

내남이 없는 자리에
불이(不二)의 문이 열리면
사람은 제 모르는 자리에서 영활해지고
제 입을 봉인한 귀신은 제 사정을 알린다

해가 지지 않은 길목에서
귀신 이야기를 해봐
사람의 소음 탓에 문을 닫고
사람의 인연으로 하아얀 길을 펼쳐봐

귀신이 너를 부르기 전
네가 그를 밟는다
유성처럼 빠른 네 죄가 새벽의 흰 눈을 밟는다

── 귀신처럼, 각자의 죄는 자신을 신호한다. 새벽의 흰 눈이 누구나의 발자국을 숨길 수 없듯이 각자의 죄는 입을 봉인해서 순수해진 귀신들을 배경으로, 언제나 자신의 과거를 알린다. 아무것도 숨기지 못한다. 죄는, 천하에 가득한 귀신들을 병풍 삼아, 자신의 모습을 알리고야 만다.

2부

말로써 말 밖을 볼까

詩가 되게 해줘

이 글이 시(詩)가 되게 해줘
마음의 통기(通氣)에 글의 씨가 싹을 내도록
주인 없는 태고의 선의(善意)가 늦봄의 이내(嵐)처럼 네 눈
을 흐릿하게 삼켜줘

글이 시가 되게 말해줘
네 입을 태아처럼 벌려
운모(雲母) 같은 글의 처음이 아득한 무능을 말하게 해줘

이제사 시를 낳도록
네 소란한 이론들이 사위는 자리에서 맨발로 따라와줘 제발
부끄럽게, 부끄럽게 읽어줘

—— 시는 언제나 번개처럼 찾아온다. 그러나 그것은 마치 준비된 생활 속에 찾아오는 행운처럼, 긴 기다림의 과정이 선재한다. 아니, '기다림'은 아무래도 너무 비실비실한 말이다. 그래도 이 기묘한 '애씀'을 이 밖의 어떤 식으로 글로 옮기겠는가.

말로써 말 밖을 볼까

말로써
말 밖을 볼 수 있을까
수작을 알 수 없는 네 편지처럼
부종(浮腫)같이 빛나는 네 은유처럼

말로써는
말밖에 볼 수가 없는
묵은 네 기약처럼
말 밖엔 아무것도 없어
낡은 그 말을 틔우는 새 길은 없어

말문이 막히는 네 기별에도
말밖에 다른 도리가 없어

말에 기대니
말 밖에 흔한 말이 또 생기고
말 밖으로 나가자니
다시 곁말이 옭아붙는

종작없는 네 고백처럼

── 이를테면 말로 넘어진 자는 다시 말로써, 말로서 일어서야 한다. 그렇긴 해도 그 과정은 말의 바깥에서 구해야만 한다. 대개 말은 화자(話者)의 치명적인 자기개입 탓에 이미/언제나 오염되어 있기 때문이다. 말은 특히나 악성의 되먹임에 쉽게 노출된다. 그래서 말은 악마의 힘을 지니고 있으며, 아울러 천사의 입김도 지니고 있는 것이다.

도울 수 있어요 나는

**"Wenn wir jemanden retten können,
ist alles andere Nebensache."** Anne Frank
(우리가 누군가를 도울 수 있다면 나머지는 모두 부차적인 것이다.)

도울 수 있어요 나는
한 세상
무상(無常)의 무상(無狀)일 뿐이지만
농염한 도시의 홍엽들이 속으로 부서지며
분수처럼 쏟아내는 속말, 믿지
마세요
말없이 도울 수 있어요
계절의 옷깃으로 가린 노오란 변명들, 듣지
마세요
다만 무사(無似)의 피갈(被褐)이지만

소문보다 빠르게
몸을 *끄-* 을-고
고백보다 실답게 손을 내밀어
도울 수 있어요 나는

── 공부가 아닌 것을 '생각'이라고 했다. 생각에서, 자기 골몰에서 나오는 길은 운명보다 빠르게 접혀 들어와 있는 타자들의 운신을 깨단하는 데 있다. 이런 식으로 '도움'은 삶의 화두가 된다. 모든 것은 이것 한 가지, 오직 '도움'으로 그 존재의 증명을 구한다. 돕지 못하는 삶은 '생존'으로 떨어진다. 존재가 개입과 연기(緣起)라면 삶은 이미 내밀고 있는 손/발의 형식에 대한 탐구요 실천이다.

그는 말을 잘 하지요

그는 말을
잘 하지요
잦 하지는 않아도
행여 입을 벌리면
꽃이 피고 채운(彩雲)이 돌아
새들은 그의 자음(子音)을 타고 처음처럼 날지요
광목천왕(廣目天王)처럼
좀스러운 악귀들은 그의 모음(母音)에 쫓겨 나뒹군답니다

그의 능변은 주살(弋) 같아
언제나 행방이 밝고
그 함언(含言)조차 아무 궁함이 없어요
유마(維摩)처럼 그 말은 지혜에 얹히고
화타처럼 응약(應藥)에 세세하지요

그는 말을 잘 해요
잦 하지는 않지만
입술을 움직이면 동심(冬心)도 삭고
말을 그치면 자향(紫香)이 흘러요

── 말이 그저 의식에 투명하다면 그는 아직 생활인일 뿐이다. 세면대의 거울처럼 의식에 말의 물때가 생긴다면 그는 이제 학인(學人)인 것이다. 학인의 신세는 언제나 처량하고 불만에 차 있으며, 무엇보다도 말에 시달린다. 언제나 '긴 존재(Zwischensein)'인 학인의 정체성은 흔들리는 언어성에 있다. 하지만 말의 고민을 넘어서는 길이 없지는 않다. 물론 그 하나의 길은 묵묵망언소소현전(黙黙忘言昭昭現前)이라는 숙어가 대변한다. 그러나 현실적으로 이 길이 정녕 말의 고민을 '넘어서는' 것인지는 그리 분명하지 않다. 이른바 고승들의 모양을 보고 있으면 그러한 의심이 생기는 것은 당연하다. 나는 차라리 능변의 유마거사를 추천한다.

이해되지 않을 리가 있나요

이해되지 않을 리가 있나요
오해를 유혹하는
정념의 물매가 있을 뿐
이해를 밀어내는
마음의 썰물이 잡념처럼 멈추지 않을 뿐

비우면 돋아나는 하아얀
효성(曉星) 같은 이해
못 볼 리가 있나요

마음을 줄이고 안개처럼 낮게 걸으면
겉인 듯 속인 듯
어제인 듯 미래인 듯
사물인 듯 말인 듯
어두운 듯 밝은 듯
너인 듯 그인 듯

우물 속 같은 하아얀 이해
찬물처럼 등을 덮치니

이해되지 않을 리가 있나요

오해의 쾌락이

개 꼬리처럼 반가울 뿐

── 그러나 이해는 종종 지극히 어려워서, 그것은 일종의 '은총'(마르틴 부버)처럼 여겨지기도 하고, '사건'(가다머)의 맥락 속에서 설명해야 하기도 한다. 그러나 여기에서의 관심은 외려 '오해의 쾌락'에 대한 시사(示唆)다. 그것이 쾌락인 한 이미 그것은 인식론/해석학적 맥락을 벗어나며, 에고의 핵(核)에 붙박인 채 합리적 절차를 무시하려 하기 마련이다. 그러므로 오해는 인식론적 천박으로만 그치지 않고 일종의 죄(罪)가 된다. 그러므로 오해란, 근본적으로, 이미/언제나 '오해한 죄'인 것이다.

사전(辭典)을 펼치는 시간

문득
고개를 돌려 손을 뻗으면
사전(辭典)이란 게 짚이고 열린다
사전은 늘 말 없는 수동태로 존재하며 손가락에 얹힌 작은
의욕의 개입을 기다린다

'모른다'는 마음의 틈에 생기는
무죄의 빛살
오직 모르는 자가 들추어내는 낮은 자리
책으로 부풀어오른 지식의 포만과
비수처럼 헤어진다

죄 없는 삶을 묻는다면
사전을 찾는 시늉으로
책 속의 빈 곳을
오체투지(五體投地)로 끌어안는 항복의 몸짓으로

모른다
모른다

너를 모른다

나날이 행해지는 분서갱유(焚書坑儒)의 어두운 움집 속으로

존재를 기울여

하아얀 사전을 찾으면

죄 없는 자리

숲의 새처럼 벌써 아득하다

── 나는 죄 없는 순간을 찾거나 기다린다. 그 운신(運身) 자체로 죄가 되는 길에서 한결 벗어난 풍경의 자리들을 만들어내고, 이를 내 존재의 통기처로 삼아 신독(愼獨)이 일상화되는 기반으로, 그 희망으로 삼고자 한다. 죄 없는 순간이란, 그래서 일상의 유토피아나 마찬가지인데, 그곳은 멀리 있지 않고 언제나 내 손발의 주변에 다가와 있다. 사전을 찾아 손을 내미는 순간도 마찬가지다. 그것은 타자를 찾아가는 순간이며, 그 덕에 에고가 자신의 기동을 깨닫지도 못하는 순간이기에 그러한 것이다.

말을 그치고 말을 기다려요

한 겹으로 부푼 묘사, 아, 그 데데한 서술
그만두어
집중해보아요
당신의 머릿속
물레방아 생각으로 떨어지는
투식(套式)은 얼른 접어요

시(詩)의 물이 흐른 자리
맨눈으로 보이지 않는 길이 첫 허물을 벗은 뱀 꼬리처럼
달리고 있지요
당신들의 납작한 지도 너머에는
미등록의 험지(險地),
그 무명의 미래가 낮은 봉화를 띄워요

산책이라고 부르는 그 불화의 행보에는
첨병 같은 가파른 떨림이
길 없는 길을 하염없이 묻지요

뻔뻔한 표상들이 지치고

종작없는 고백들이 사위어가도록

말을 그치고

말을 기다려요

── 시(詩)를 찾아가는 길이 '기다림'이라는 말조차 어느새 투식이 되고 말긴 했다. 그러나 하이데거류의 거창한 말이 아니더라도 말은 생각'나고'('하고'가 아니라), 말은 온다. 그러나 명심할 것은, 말은, 혹은 말과 같은 것은, 언제나 안타까운 틈사위에서 발생한다는 점이다. 쉽게 말해, 말은, 바보들에게는 오지 않기 때문이다. 다시 말해, '안타까운 틈사위'라는 진인사(盡人事)의 역운(逆運)이 선결 과제이기 때문이다.

말이 들리지 않아, 아귀 같은 주둥이

종일 입을 벌려도
말은 들리지 않아
빠알간 혀를 도토리처럼 굴려도
말은 얹히지 않아
껍죽껍죽 편해지고
기절한 말들이 값싼 공수처럼 주정 부리고
진품들이 소스라쳐 부끄러운 세상
내장(內臟)도 살 수 있어
미소마저 포장-택배
화폐처럼 찍혀 나오는 말은 소년 소녀의 매끈한 잡담 속에
유폐되었지
주둥이는 한없이 길어지고
말은
어이없이 짧아졌어
어디에서 불 밝혀
등 돌린 말을 되찾아올까
말이 들리지 않아
아귀 같은 주둥이

── 이 시는 굳이 늙는 문제와 무관하게 쓴 것이지만, 늙는 것은 대개(!) 그 자체로 타락이다. 그 증거 중 하나는 그들의 말본새다. 늙어도 잘 듣는다면 늙은 것이 아니고, 늙어도 잘 응해서 말한다면 그게 곧 늙은 보람이 솟는 자리가 될 테다. 늙은 것은 대체로 타락이어서 외려 이때야말로 공부의 공효(功效)에 의지하지 않을 도리가 없으니, 늙은 것은 몸의 경화(硬化)처럼 자신의 정신이 제 생활양식에 편한 대로 경화되어가는 일이기 때문이다.

오해로 살이 붙어요

오해로 새 살이 돋고
비방으로 피가 돌아요
괜찮아요
숨을 죽이고
거품은 삼키세요
닭보다 낮게 날고
시체보다 조용하세요

당신을 염탐하던 짙은 그림자
늘 악패듯 집요했지만
이미 햇살을 물고 있지 않던가요

죄 없는 시간을 찾거든
걸음을 돌려 억울함의 동굴 속으로 밝게 지나가세요
괜찮아요
오직 캄캄함으로 밝아오는
신생의 가마 속으로
맺힌 말을 삼키고
원념보다 빠르게 지나가세요

괜찮아요

── '오해'는 내게 오랜 화두가 되었다. 내 삶의 반려가 되었다. 오해를 통해서 가능해진 공부길이 이미 진득하게 자리잡았기 때문이다. 관건은, 오해를 단순한 실수나 소통 오류(miscommunication)로만 여기지 말아야 한다는 점이다. 최소한 두 가지가 이른바 '오해의 윤리학'을 견인한다. 첫째는 인간들 사이에서 오해는 피할 수 없다는 사실이다. 이는 궁극적으로 개인들의 '개입'으로 소급되지만, 이곳에서 상설하기는 어렵다. 짧게 정식화하자면, 우주 속에서 시공간의 곡률을 피할 수 없고 사회 속에서 '어긋남'을 피할 수 없는 것처럼, 사람과 사람 사이에서는 오해를 피할 수 없는 것이다. 둘째는, 오해라는 게 일종의 '죄'라는 사실이다. 이 문제에서 선결되어야 할 논의는 행지(行知)―지행(知行)이 아니라―라는 총체적 수행성(遂行性)이지만 이 역시 여기에서는 자세히 논급하지 못한다. 요컨대, 오해는 인식론의 문제가 아니라 사람의 문제라는 데에 있다. 지(知)가 행(行)이라는 총체적 수행성의 여건 속에서 잠시 이루어지는 것처럼, 오해 역시 사람이라는 행(行)의 총체성과 함께 생기기 때문이다.

3부

좋아해요사랑해요지랄(知剌)이에요

동무여

동무여
억압에 맞서고자 진-보하려는 동무여
핏대 선 네 눈에는
길이 끝나는 자리가 잘 보이는가
네 생각 속에서 끝나는 길
누구와 더불어길래 걷고자 하는가
동무여
세상을 이기려고 생활에서 지친 동무여
가쁜 호흡으로 올곧았던 동행은 어떻게 갈라지던가
동원된 대오의 까끄레기 속말은 여태도 품고 있는가
푸른 기약은 잿빛 일상 속에서도 등등하던가
두 아이가 어지럽게 울고
아리따운 네 여자들이 시먹게 된 후에도 네 걸음은 여전하
던가 동무여

── 내가 정의해온 '동무'의 무늬 한 가지는 '체계와의 창의적 불화'에 있다. 그렇다고 해서 불화에 방점을 두면 생활의 조화를 잃는다. 그러므로 불화도 배워야 하는 것이다. 불화 속에서도 배울 수 있다면, 정작 중요한 과제─불화, 혹은 동원 단계(mobilization phase) 이후의, 대의(大義)가 식고 개인의 욕심이 발호하는 때의 생활지혜─에 좀더 쉽게 접근할 수 있다. 불행하게도 '조화'나 화해(和諧)의 체득은 항용 늦은 소식이다. 정(正)은 남이 가르치면 어느 정도 따라할 수 있지만, 중용(中庸)은 지체된 시선이나 후회 속에서만 아프게 자리잡는다.

── 창의성은 그 모든 생활의 밑절미인 것이다. 그것은 고집과 애착 속에서 퇴락하는 일상을 억제한다. 창의성은 전혀 호기심이 아니다. 법고(法古)의 전문성이 자체 분열하며 창신(創新)하는 기량이다. 이것은, 헤겔의 종합과 낭만주의자들의 저항 사이의 거리를 연상시킨다. 모색과 오류의 과정은 고스란히 보존되며, 그것들이 제 실력 속에서 정화(淨化)되고서야 창의성이 스스로 드러난다. (나는 이것을 '알면서 모른 체하기'라고 불렀다.)

아이러니를 부려봐

아이러니를 부려봐
시대의 표피에서
네 재주껏
운명껏
네 높은 학교가 급식해준 노란 아이스크림처럼 예쁜
똥을 싸봐
아이, 러니칼하게
경조(輕躁)하게 정밀하게
네가 수입한 명품 시냅스들을 꾀밝게
증명해봐
네 어미의 몸엔 낯설었던 낱말을 명랑하게
삼켜봐
어두운 괄약근까지 힘을 주어
한 치 다음을 알 수 없을 심오한 무책임으로
아이러니를 부려봐

── 이스라엘과 독일과 일본의 공통점은 무엇일까? '지독한' 인간들이 살아오고 있다는 사실이다. 이 지독함의 '변환 가능한 다능(translatable versatility)'이 이들의 명암이며 또한 외부인들이 이들을 이해하지 못하게 하는 장벽이기도 하다. 종교의 힘이든 이데올로기의 관성이든 전통의 힘이든, 이들은 부박한 첨단 속에서도 율기(律己)하는 지혜를 체득하고, 이를 자신의 제도와 문화 속에 집요하게 붙박아놓고 있다. 순명(順命)이니 복종이니 절제니 하는 낡은 틀들은 이들의 세계가 가장 창의적일 수 있도록 돕는 뜀틀이 된다.

좋아해요사랑해요지랄(知剌)이에요

미쁘다시쁘다지랄떨어요

초라하게 누설될 네 정념의 함수(函數)
한 치만 좌변(左邊)으로 미끄러지면
어느새 치를 떨지요
하루의 변덕 위에서만
빛나는 심지
좋아해요미워해요
꾀바르게
애를 태워요

어떻게 배치하면
괄약근에 닿은 네 혀가 보일까요
네 혀 속의 붉은 후렴구가 들릴까요
좋아해요사랑해요
지랄(知剌)을 부리는 네 구린 알짜를 만날까요

── 약탈의 기억은 오래 억압되었다. (자신의 '똥'에 관해 명상하는 게 쉽지 않듯이!) 그러나 언제나 완전한 억압은 자멸이라고, 상식은 알려준다. 이 억압의 힘을 수도(水道)의 네트워크처럼 배관(配管)하고, 관리하며, 그 비용을 가급적 공평하게 나누는 제도가 곧 문명이자 우리의 일상이다. 그리고 인간의 연애와 혼인제도다. 약탈의 초벌화(初-畵)를 숨기며 성세를 누리고 있는 게 곧 교환 시스템이라는 풍경화인 것이다. 물론 '연인'이라는 것도 그렇게 탄생하였다. 그러나 교환이라는 훈육의 시스템으로 리비도를 제어하는 것은 언제나 어렵다. 이 어려움의 간극에서 사랑의 허영, 도착(倒錯)된 열정, 그리고 사랑이라는 환상이 명멸한다. 강간에서 일부일처의 강령이 생길 때까지, 그리고 다시 강간으로 되돌아가는 그 깨침의 순간에 이르기까지.

그 연놈들이 부처가 될 때까지

내 정신을 베낀 놈은 수백 명이지
내 돈을 꿍친 년도 열은 넘지

이른 봄날
대추나무 검게 마른 끄트머리에 눈길을 주다가
아뿔싸
그만 그 말을 늦게 삼키고 말았지

왼손이하는일을왼손조차모르게하랬는데
불망(不忘)의 죄에 상(相)이 맺혀
앞길을 막는다

나를 염탐하고 시기한 연놈들이
부처가 될 때까지
내 망각이 새 기억을 낳을 때까지
겉으로 닦고 속으로 비워
대비(大非)가 대비(大悲)를 부를 때까지

대추나무 마른 그루터기에 봄이 올 때까지

그 연놈들이
나 모르게 영영 행복할 때까지

── 내가 이해하는 부처란, 제 '개입'의 한없이 무거운 극한에 이미/언제나 가닿은 존재를 말한다. '왼손이 하는 일을 왼손조차 모르게' 할 수 있다면 그(녀)는 이미 미쳤거나 부처다. 이처럼 성(聖)과 광(狂)은 서로에게 선물 같은 존재가 된다.

네가 누구인지 알아채면

네가 한 짓을 깨단하면
용하지

눈을 감아야 살 수 있는 거짓의 블랙홀
왜자한 소문에 스스로 너 자신을 낮게 묶으면
장하지

어리석음 속에서만 결백한 네 생각의 더께
네 진실을 짓밟고 참회하면
놀랍지

정오의 햇볕 같았던 네 고백조차 무지의 소도구
네가 누구인지 알아채면
무섭지

사욕과 원념으로 빛나는 에고의 진주목걸이
네가 네 앞에 서면
휑하지

── 자신마저도 알 수 없다는 가설에 연극적으로 견결함으로써 겨우 열리는 세계가 정신분석이다. 시(詩)는 그런 뜻에서 정신분석적이다. 시-쓰기는 알 수 없는 자신의, 자신 속의 타자와 그 미래로부터 다가오는 언어의 공정이기 때문이다. 그래서 혹자들은 이를 '기다림'이라고 말한다. 그러나 기다림을 오용/남용하는 결과는 결국 산문보다 못한 시에 낙착하는 것이다. 타자와 무의식의 소식을 얻는 경험에도 요령이 있다. 기다림, 혹은 기다려야 함이라는 생각조차도 긴 연습의 열매이기 때문이다.

괴물이다

지척이기에 더 낯설게 출몰한다
괴물이다

사물이 상식으로 돌아오는 시간에도
아닌보살 하품하듯 앙가바틈한 애착
으늑한 빈자리를 곁에 품고 있어도
결코 고의(故意)를 잊지 않는다
괴물이다

네가 가쁜 숨을 몰아쉬며
존재를 미안해할 때에도
그 눈에는 녹색 불이 꺼지지 않는다
네가 자주색 회한으로
뒷걸음을 칠 때에도
그의 합금(合金) 같은 미소는 뻔뻔하다
괴물이다

네가 어제를 용서한 채 잠이 든 때에도
그는 네가 모르는 동일한 내일을 설계한다

네 선의가

상상마저 못할 왜상(歪像) 속에서

그는 늘 자신만을 향해 경배한다

괴물이다

── 멀쩡한 사람들이 어느새 괴물이 되는 법을 (미리) 알아채는 게 지혜다. 이에 더해서, 우리 시대의 세속이 어떻게 사람들을 괴물로 만들어내는지 (미리) 알아채는 게 지혜다. 괴물도 타자다. 그러나 타자가 괴물의 신세를 피하려면 그 타자성에 배움의 맹아(萌芽)가 있어야 하지만, 괴물은 한마디로 지혜가 없는 타자인 것이다.

네 창밖을 염불해봐

창밖도 허무하다는 것
진작 알았어
호기심을 팔아 얻은
왜자한 잡담의 풍경
幻이야
空이야
네 창자에서 연역(演繹)된 똥이야

손바닥에 거울을 붙여 빛나는 창을 열어봐
그 너머에서
춤을 추는 18세의 도깨비들˙
제 아이러니에 먹힌 생각들
화장한 들고양이들
제 뇌를 삼켜버린 멍게들

창을 열어 오래된 희망의 이름을 불러봐
머리와 꼬리만 바꾼
습관의 좀비들이
후렴 일색의 유행가를 부르지

˙ 일본의 속담에 '도깨비도 십팔세…(鬼も十八. 番茶も出花)'라는 게 있다.

창밖으로 꿈을 팔아넘겨봐
그 꿈들이 상표를 달고
네 거울방 속으로 되비쳐올 때까지
자유를 외쳐봐

네 창밖을
염불(念佛)해봐

── 나는 단 한 차례도 '자유롭고 싶다!'는 유의 감상에 젖은 적이 없었다. 왜 그랬을까, 그토록 젊었던 시절에도! 어떤 점에서 내 평생의 전공은 '공부론'이랄 수도 있는데, 사람 '되기'가 변치 않는 화두였기 때문이다. 공부는 내용과 형식의 일치에 의해서 자신을 증명하는 법이므로, 나는 언제나 정치적인 자유, 소비자의 자유, 그리고 시간과 공간의 자유를 추구하지 않았다. 내가 말하는 공부란 오직 어떤 형식의 규제와 구금을 통해서만 형성되기 때문이다. 그것은 실력, 혹은 솜씨의 세계 속에서만 가능해지는 완전히 새로운 형태의 자유인 것.

네 사생활의 깊이를 말해줄까

네 사생활의 깊이를 말해줄까

얇아져가는
TV의 두께를 보렴
고백의 샛물은 대중의 광장으로 이어지고
네 내시경의 이력은
전람회의 작품이 되어버린
네 프라이버시의
변명을 읽어줄까

네 양심의 USB가 진화해온 역사를 짚어줄까

텔레비전이 괴뢰(傀儡)비전이 될 때까지
한 뼘 스크린 위에서
자유의 춤을 추고 있는
우리 시대의 자유
시민(市民)이여

── 나는 오래전부터 바로 이 사생활을 '거울사회'라고 불러왔다. (그래서 필경 이 생활에는 공사의 구별이 없다.) 거울들 중 대표격은 물론 휴대전화인데, 우선 이 무궁무진한 정보의 매개가 어떻게 '두께' 없이 사용되고 있는지를 알아야 한다. 그래야만 이 시대의 양심을, 그 처세를 그리고 그 희망을 이해할 수 있다. 다음으로 중요한 일은 이 두께 없음이 자유와 어떻게 내통하고 있는지를 파악하는 것이다. 물론 이 자유에는 핏빛이 스며 있지 않아. 그 상한(上限)은 그저, (더 이상 소년 소녀가 없는 시대의) 소년 소녀가 한껏 내보이는 허벅지와 마빡 정도에 불과하다.

밀양

22세기를 찬탄하고 근심하는 나노-촉수들이
흰 나방처럼
까마귀 울음을 내며 미래로 질주한다
언제나 화려한 공상의 동력은
오염이다
미혹이다
나노-도시를 지향하며
30년 묵은 아파트 곁에 나노교(橋)를 짓고 있는 이곳은
내가 10년째 살고 있는 18세기의 밀양

공민적(公民的) 샤머니즘이 뻔뻔한 국교로 둔갑한 생활 속
에서
태국의 젊은이들은 비닐하우스의 깻잎을 따고
주말에는 투망을 해서
밀양식으로 문드러진 나노어(漁)를 잡는다

오늘도 돼지국밥처럼 흘러가는 까아만 밀양천변
나는 미래에서 걸어 나온 넝마주이가 되어

5세기 전에 시작된 계몽주의의 행방을 찾는다

── 과거는 여전히 삶을 지배하는 한편 미래를 저당잡아 새로운 산업을 홍보하는 중에, 언제나 현재는 실종된다. 밀양강이 꺼멓게 썩어가는 사이에도 이들이 수년간 벌이고 있는 나노-코스프레는 참으로 우스꽝스럽게 진행/퇴행하고 있다. 아무도 관심을 모아주지 않는 틈에 공무원-업자들의 묵은 관행만이 이 시대의 풍경을 여전히 지배한다. 다산(茶山)이 질타하던 구습의 적폐는 사방에서 아기똥아기똥거리고 있을 뿐이다.

눈 밝은 노예처럼

지배를 받으시게
핏빛 바람에 실린 낡은 자유가 헛되지 않도록
소년 소녀의 봄 기약처럼 분조(紛躁)한 스텝으로 살지 않도
록
이윽고 눈이 밝아진 노예처럼
제 그림자를 챙기게
무릎으로 걸으면서 가장자리(緣)를 아끼게

이웃이 흠씬 지배하도록 하게
삶이 지배하도록, 아니면
미래가 지배하도록
제 생각을 걷어내시게
몸들이
더불어 지배하는 일을
가만히 지켜보시게
복종해보게
구설수에 빠진 우리 시대의 붉은 자유가
되살아나도록

── '자아는 복종을 통해서만 자신을 재구성한다.' 이는 말 많은 프랑스인 푸코가 아주 뒤늦게 깨달은 것이다. 그러나 인생의 비밀은 지킴(持)에 있고, 자유조차도 어떤 형식의 복종을 통해서만 찾아온다. '민주주의'와 시장경제가 최후의 가치로 군림하게 된 사이, 우리는 내남없이 복종의 뜻을 죄다 잊어버리고 말았다. 그러나 복종이 없는 생활은 가능하지 않고, 가장 고결하고 솜씨 있는 삶도 복종의 형식을 통해서 생성된다.

인간만이 절망이다

인간이 절망이란 사실은 너무 가까운 데에서 알았어요
낮고 따뜻한 생활 속에서
자라 꼬리만 한 사건들 가운데서
검은 대추 뿌리처럼
엉버티는 고의(故意)를 읽었지요

변함없이 회귀하는 호감 속에서
어리석음의 깊이가 독아(毒牙)의 입을 벌려
결심하고 해명하고
원망하고 뉘우치지요
새로운 날의 낡은 변덕을 위해서

매사 오순도순한 근친의 비용으로
절망을 배우고
제 시대의 알리바이가 된 희망을 털어내지요
인간의 세상이 제 꼬리를 다투어 삼키며
핏빛으로 저물 때까지

── '인간만이 절망이다'라는 명제는 내겐 거의 동어반복이다. 물론 그 절망의 사실에는, 그리고 그 절망이라는 평가에는, 내가 깊고 넓게 개입하고 있을 게다. '인간만이 희망이다'라는 쉬운 발언은 누구나 듣고 싶어하긴 하나 '평정(平靜)'하지 않다는 데에 문제가 있다. 누구나 자신의 개입을 맹점으로 지닌 채 세상을 맞고 살지만, 평정한 시각을 얻고자 애써야 하는 것은 당연하다. (정치인의 자질에 대한 설명이긴 하지만) 막스 베버는 '목측(目測, Augenmaß)의 능력'이라는 표현으로써 이러한 생각을 표현한 바 있다. 가급적 평정하게 사태를 대하고 집중함으로써 거리감상실(Distanzlosigkeit)의 오류를 피하고, 사태의 진상이 스스로 다가오게 한다는 것이다. 그러니까 내 평정 속에서 이해하고 겪은 인간의 현실이 절망이라는 평가인 셈이다. 그러나 '인간만이 절망'이라는 명제의 윤리적 결말은 '나만이(라도) 희망'이려고 하는 쉼 없는 노력이다. 세속에 대한 근본적 미안함에서 나 자신을 구제하고 그 구제의 빛이 내 이웃을 돕고자 하는 희망이다. '인간만이 희망'은 종종 그 희망의 빛을 어느 먼 타자의 도래에서 찾고자 하지만, '인간만이 절망'이라는 말의 희망은 각자의 나에게서만 움터온다.

지친 하루의 무게를 털고

수숫대에 붙들려 부끄러운 노을
흔들리는 서풍에 숨고
붉은 개천의 물빛 너머
흰 개 한 마리
지친 하루의 무게를 털고
꼬리를 흔든다

어진 사람 하나 없을 도시의 불빛은 슬프고
외로움이 없어진 산책객
가만히
내일 속으로 들어간다

── 아, 산책이 내게 무엇인지, 만약 그것을 밝힐 수가 있다면 이는 내 생활의 비결(?)을 이해하는 길이다. 산책은 일견 생활로부터 해방되는 걸음이기도 한데, 바로 이 풀려난 마음, 허소(虛疎)의 자리로부터 새삼스레 우리네 세속의 자리를 톺아보려는 것이다. 그러한 걸음의 체험 속에서 개들을 새롭게 만나는 계기가 생겼고, 이른바 '사린(四隣)의 윤리학'이라는 개념은 이런 체험과 더불어 서서히 구성되고 실천된 것이다. 나는 한때 산책을 주로 (생활)정치적으로 해석했다. 그러나 어느새 이 개념은 윤리적, 종교적, 혹은 형이상학적으로 확산, 심화되고 말았다.

일꾼들의 자리

이 일꾼들은 곁말을 죽이고
그 틈사위에 찾아드는 다른 기별의 힘으로
일이 제 길을 얻게 한다
왕년(往年)이 없고 사념도 없어
그 일은
금시(今是)로 그득하다

표정은 예치(預置)하고 생각은 체(剃)질 되어
사람을 응대하고
물건을 수접(手接)하는 빛을 이루어
일하는 자리요 곧
신(神)의 자리

기분을 저당한 이 일꾼들은
그 적은 마음자리의 가늠자 위로 아득히
제 몸을 얹어
일을 이룬다

── 노동과 그 장소가 서로에게 빛을 비추는 상상. 이는 실현 가능한 유토피아에 대한 내 구상의 기초가 된다. 세속은 점점 제품들의 기능적 관련점으로 채워지고, 그 기능들을 접속하거나 호환시키는 '공간'으로 탈바꿈해간다. 그러나 내 공부로 말하자면, 늘 세속의 공간들을 인간의 장소/자리로 바꾸려는 일련의 노동들이었다. 진짜들의 노동은 사람의 정신을 키울 수 있는 장소가 되게 하는 일련의 과정이며, 그 모든 좋은 장소는 사람들의 실력이 진짜가 되도록 돕는 기초적 여건이다.

좋아하면 망한다

좋아하면 으레 망한다
기울면 빠진다
이쁘게 뜬 것들
절망의 아집들

주랑(柱廊)이든 쇼윈도든 아스라한 석양을 붙들고 있는 고
공의 아파트에서
옥빛 하늘을 붙들고 있는
주인 없는 명기(名器)에까지

좋아하면 으레 당한다
무명(無明)으로 잠시 빛나는 것들

── 옛사람은 '좋아하되 그 나쁜 점을 알라(好而知其惡)'고 하였다. 실은 인간의 심리를, 그 기묘한 곳을 알고자 한다면, '좋아한다'는 정서의 공(空)—그 일어나고 기울고, 맺히거나 소멸하는 연기(緣起)의 덧없음─을 깨치는 것보다 나은 게 없다. 그런 까닭에 정신분석학에서는 좋아하고 미워하는 것을 같은 성격의 정동(情動)으로 묶어버리는 것이다. 그래서 나는 오래전부터 '좋아할 수 있는가?'라는 물음을 아예 폐기해버렸고, 오직 '도울 수 있는가?'라는 화두로써 인간관계를 재구성하려고 애쓴다.

당신이 살아가는 지금은 언제일까요

상처를 변명하며
좀비처럼
한량없는 이웃에 눈을 감고
제 속의 어둠에 탐닉한 채
수평으로 건몰려갈 때
임신한 미래가 아득한 건천(乾川) 너머에서
아기 손을 퉁기며 점지(點指)하지요

내장 속같이 어질더분한 인연에도
쪽문이 있을까요
절망의 어긋난 몸짓으로만 갈피를 만드는 세속에서
미래로 손을 내밀어
태아를 다시 받아내는 내력은
누구의 희망일까요

당신이 살아가는 지금은
언제일까요

── 시(詩)는 참(讖)이 되기도 한다. '말의 계시적 속성'(한나 아렌트)이 극명한 곳은 역시 시인데, 좋은 시는 언제나 알면서 모르는 자리에서 찾아오기 때문이다. 그래서 시가 참이 될 운명을 완전히 벗어나 있다면 이미 그것은 시라고 할 도리가 없다. 시 쓰기에 놀라운 재능이 필요한 것도 바로 이 때문이지만, 그러나 이것은 이미 '재능'이 아님 또한 어쩔 수 없다.

낮은 곳이 말한다

언제나 낮은 곳이 말한다
상선(上善)의 지남이었던 물처럼
신생아처럼 낮은 미소만을 머금고
가장 낮게
신탁할 수 있었다

현재 속의 신탁이 저주를 머금어도 도시의 실내는 변명처럼 밝다
도시마다
제 허우대를 은빛으로 뽐내며 지평선을 감출 때
기막혀
어느새 말마저 삼킨 하천들은
검은색으로 고인다

만년의 풍경을 하루에 토한다
도시의 죄(罪)는
도랑으로 모이고
하천을 상간(相姦)하여 시대를 풍자한다

도시의 원념(怨念)이 되어
섧은 천년
낮은 자리에도 길은 없다

── 내가 한 마을을 평가하는 가장 중요한 기준은 그곳의 도랑, 하천이다. 낮은 데서 보아야 진상이 드러나기 때문이며, 낮게 고여서 숨어 있는 자리에 그곳의 진실이 있기 때문이다. 물은 생명 유지에 필수 요소이므로 모든 인간이 간여하고, 그 소비와 처리 방식은 생활의 전 영역에 침투한다. 그러곤 이윽고 가장 낮은 자리에서 그 결과를 전시하니, 물의 책임으로부터 피할 수 있는 자는 아무도 없다. 물론 낮은 곳만이 말하는 것은 아니다. 그러나 '낮은 곳이 하는 말'에는 어떤 깊이가 있으며, 그러므로 증상적인 것이다.

사람이었다

생각조차 스스로 창백해지는 빈터
외려 그믐으로만 시야를 틀 수 있는 곳
그 낮은 자리에 닿도록
노박이로 걸어가게
사람이기에 사람을 벗어나보게

어리눅은 듯
아득한 구름길을 좇아
뒤 없이 달아나시게

인심보다 날래게
기약보다 단단히
그 오래된 미래의 길로
눈 말갛게 뜨고 들어가게

상유(桑楡)에 석양이 걸리는 날
사람이었다 힘껏
웃으시게

—— 마침내 사람이 되어 서게 된 그 수억 년의 기억에 기대어서 다시 사람을 생각해볼 것. 그 역사가 시각 속에 먹혀들어간 어느 공간의 짧은 잇속을 챙겨 사람을 보지 말 것. 역사가 은폐된 장면만을 설명하지 말 것. 진리는 시간의 딸(Veritas filia temporis)이라는 것을 잊지 말 것.

금수강산

맨 얼굴로도 분광하는
꿈의 시대, 줌(zoom)의 시대
좀팽이들의 시대
가면의 힘으로 일껏 솟아오른 진실의 한 조각은
기생꽃 주름처럼
저녁이면 다시 풀린다

풀 먹인 거짓이 등록될 때마다
첨단 손거울 속으로 고개를 들이미는
오천만의 부나비들
한목소리로 인감(印鑑)을 찍는다
맨살에서조차 거짓의 타투를 지울 수 없어
변명의 더께 위에서만
한 푼의 진실을 삼투압처럼 허용하는

오늘도
우리들의 금수강산

── 살고 공부하면서 차츰차츰 알게 된 것이 적지 않다. 그중 명백하고 중요한 한 가지는 애국주의, 시쳇말로 '국뽕'의 문제성이라는 것이다. 나는 차츰, 어느새, 이러한 집단적 정서야말로 이 작은 나라의 민족에게는, 특별히 공부하는 학인들에게는 암적인 증세라고 여기게 되었다. 작아서(고) 약했고, 약했기에 당했으며, 당했으므로 애국주의적 정서와 정신승리적 태도로 옥아들었다. 애국심이 아니라 애국주의는 에고의 연장이나 마찬가지이므로, 이른바 증세적 자아 구성에서 벗어나기가 어렵다. 개인의 에고이즘과 나르시시즘은 때로 날카롭게 객관적인 비평에 노출되곤 하지만 한 사회, 혹은 국가의 것들은 바로 이 애국주의의 내재적 보호 기제와 습합되어 있으므로 쉽사리 적발하거나 비판하지 못한다. 역사적, 지정학적으로 이 작은 나라의 위상과 처지는 이런 식의 내향적 굴절에 취약했다. 중국, 일본, 미국과의 역사적 관계만을 살펴도, 이 작은 나라의 민족적 자의식이 어떻게 왜곡되어 있을지 너무나 뻔하지 않은가.

4부

대숲이 반달을 쓸 듯

대숲이 반달을 쓸 듯

어리석음 속에 팔 할을 잃어버리고
어긋남으로 나머지를 흩어버렸어

밭을 매고
노을 강물로 삽을 씻고
아내의 하루 사연을 들으면서 숲을 걷다가
밤하늘이 깊어지면
옛글을 읽으려고 했지

대숲이 반달을 쓸 듯
새벽별 봉창에 들 듯
언제까지나
걷고 싶었지

── 거경행간(居敬行簡)이라고 했다. 하지만 도시, 아파트, 그리고 소셜 네트워크는 이런 식의 삶을 불가능하게 한다. '대숲이 반달을 쓸 듯' 살 수가 없는 것이다. 그래서 '부재(不在)의 사치'는 도시의 사치와 번버듬하고 창의적으로 불화하는 방식의 슬기와 근기를 제공하고자 한다. 나는 남이 갖고 있는 것들을 애써 갖지 않으려 했고, 대신 남이 갖지 못한 것들을 내 몸, 내 생활, 그리고 내 정신 속에 갖추고자 애써왔다. 다만 유약무(有若無)의 정신이 아니라, 실제 자신의 생활을 부재의 급진성을 향해 정향해놓은 것.

봄의 비밀

봄의 비밀은, 알 수 없어
미아(迷兒)의 손에 엉긴 채 이름 없이 떠다니는
풍선같이 알 수 없어
봄의 비밀은, 알 수 없어
흔들의자에 묻혀 아지랑이 속을 살피는
'늙어 이 빠진 창녀'의 냉소와 곁말의 너머에도
알 수 없어
슬픈 밀물처럼 달려드는 생활의 예조(豫兆)에 허우적대면
서도
감감히 알 수 없어

봄의 비밀은, 알 수 없어
상냥한 볕의 한 알 한 알 속에 태고처럼 앉아 있는
폐허를 깨단하고서도 알 수 없어
봄의 비밀은 알 수 없어, 흥
내남없는 정념 속에 꼬리치는 춘몽(春夢)의 사연을 읽고서도
영영 알 수 없어

— 봄이라는 사연은 내남없이 알면서도, 그러나 오직 몰라야만 가능해지는 다채로운 사연들에 의해서 이루어지는 봄.

가을 소리

억새풀을 빗질하는 바람 소리 사이로 까치 하늘이 멀어진다
빈집의 처마 마루 너머
붉은 감이 두엇
무심한 석양에 얹혀
재롱을 부린다
대추는 다 떨어지고 유흥초도 이울었다

밭둑의 할멈이 호박을 따니 마당의 영감은 깨를 턴다
일없이 일없이 늦은 오후
고양이 흰 하품 속에 가을 천년이 곱다

── 시간이 흐르는 것. 가서 다시 오지 않는 것. 그 가없는 시간의 흐름 속에서 제 실존을 부둥켜안고 살아가는 것. 지혜는 그렇게 생겨난다. 장면(scene)에서 지혜가 생길 수 없는 이유가 여기에 있다. 철학사적인 위상으로는 데카르트가 높은 곳에 있더라도, 철학적 지혜라면 차라리 몽테뉴가 낫다. 전자는 시간과 육체를 지워 얻은 확실성에 머무르고자 했지만, 후자는 인간의 육체가 시간의 유한성 속에서 어떻게 변화해가는지에 주목했기 때문이다. 그래서 칸트의 출구하나가 헤겔인 것이다.

예림서원(藝林書院)

서원 초입은 서늘하고
와송(臥松)은 꼬리를 낮게 감았다
이익공 먼지 아래
천년이 말갛다
꽃살문 너머에는
지난 해의 매미
제 속을 다 비워 열반에 올랐고
우리 판문과 쪽마루는
사화(士禍)의 기원을 숨긴 채 봄볕에 노오랗다

── 예림서원은 내가 사는 밀양 사포리의 한켠에 위치한 서원이다. 김종직(金宗直, 1441~1492)의 학문과 덕행을 추모하기 위해 그 위패를 모신 곳이다. 사명당, 김원봉과 함께 이곳 밀양이 배출한 인물 중 한 분으로, 이른바 영남 사림의 종장(宗匠)으로 추앙된다. 서원은 전학후묘(前學後廟)의 전형적 배치인데, 나는 날씨가 좋은 날이면 사당을 마주한 강당 뒤켠의 쪽마루를 찾아 잠시 넋을 놓고 앉아 있곤 한다.

제비

마을의 낮은 하늘을 지배하는 남국의 전령
추억보다 빠르게
신화 속의 제비가 돌아왔다

닭보다 낮게 날고
용(龍)보다 급히 솟는다
갈라진 꼬리에 바람을 실어
세차게 비틀고 우아하게 돈다
노량노량
흥부 없는 마을 속을
남몰래 걸으면
날랜 그림자에 옛날이 얹혀
그 부재의 흔적을 겨냥한다

이제는 없을
그 이름들을 부른다

── 특히나 닭을 조롱할 일은 아니지만, 내게는 오래전부터 '닭보다 낮게 날다'라는 말에 얹혀 있는 한 생각이 있었다. 그것은 내가 가장 낮게 흘러가는 지천이나 강의 상태를 잣대 삼아 그 마을의 삶과 문화를 살피는 버릇과도 연동해왔다. 혹은 낮은 자리에서야 급진성의 상상이 생긴다는, 내 오래된 믿음을 연상시키기도 한다. 물론 고공을 날아오르는 일은 쉽지 않다. 그러나 '삶'이 문제라면 다시 내려오는 일의 속도와 그 적확성이 우선의 관심이 되어야 한다. 내게 있어 제비의 신화는 그렇게 탄생하였다.

이름이 좋아, 진달래

이름이 좋아
진달래
산숲에 숨었기에 진달래
봄으로 마중해서 진달래
남나중에
보는 이 하나 없어 진달래

── 기억이 닿지도 않는 아주 옛날에 김소월을 읽고 또 읽었는데, 당시의 그 낭독은 내게 얼마간 기묘한 체험이었다. 늘 낭독을 하자 면 바로 기표의 채널로 빠져 기의(signifié)는 완전히 잊곤 하였으면 서도, 이상하게 나는 기표만을 통해 기의를 충분히 이해할 수가 있 었던 것이다. 그리고 이제사 말하자면 바로 그것이 김소월, 이라는 시인의 원초성이었다.

남의 땅을 지나거든

남의 땅을 지나거든
풍경보다 나우 깊이 걷게나
한 뼘 자리 소문을 탐하느라
부디
발돋움은 하지 마시게
먼 과거의 훈장이 되어 반짝이는 밤하늘을 살피듯
낯선 이웃의 표정 아래
두레박 떨어지는
아득한 허공을 느끼게나

남의 집에 발을 들이거든
그 낡은 탁자 위에
비수처럼 어린
묵은 슬픔을 기억하게나
엇갈려 부서졌던
그리움의 역사를 찾아보게나

한 사람이
또 다른 한 사람을

만나고 헤어지는 사연의 깊이를
가을물 같은 잔잔함으로
어루만져 보게나

── 장소화의 노동은 내가 조형해온 공부론의 기본이었다. 공부라면, 내남없이 아무것도 모르면서 책만 펼쳐놓는 악습을 깨고, 그 책들이 그리고 사람의 정신과 미래가 다르게 열리게 만드는 공부의 조건을 다시 만드는 방식 중 하나였다. 공부도 제 몸에 얹힌 것이며, 반드시 어떤 장소에서 특정한 시간대를 거치며 이루어지는 활동인 것이다. 그래서 학인이라면 어떤 장소를 지나는 윤리가 생길 수밖에 없으니, 바로 그 장소(화)가 그 공부의 기초체력이기 때문이다. 인간은 어떤 시간에 어떤 장소를 거쳐간다. 그리고 바로 그 (생활) 형식 속에서 자신의 공부가 생기고 존재가 영글어가는 것이다.

5부

사창에 동살이 돋기 전이면

정오의 건널목

네 머리를 비껴 묶은 갈색 끈에 그림자가 사라지면
내 마음이 잠시 묶인다
정오의 건널목

무심한 스침이
죄 없이 문을 열어
어리석었던 기억들을 파노라마처럼 채집한다

내 꽃시절엔 꽃이 없었지·
제 나이의 정념에 지펴
그림자조차 못 갖춘 채 흔들렸을 뿐
내 꿈에는 동행이 없었지

건널목 너머 행길에는
어지러웠던 인연들이 제 길을 챙겨
외상셈하듯
머리끈을 다시 묶었다

• 김지하의 시《무화과》 중에 '내겐 꽃시절이 없었어'라는 구절이 있다.

── 추억은 완벽하지 못하므로 추억이 되고, 아름다워진다. 누추하고 어리석은 자리를 자꾸 되돌아보는 데에는 추억이라는 원형적 퇴행의 힘이 있다. 언제나 아름다움은 부서지는 것 속에 있으며, 그 폐허를 돌보려는 마음속에서 추억은 번성한다. 그리고 그 속에는 항용 '모르는 여자', 스쳐 지나간 여자, 남의 여자들이 있다. 그녀들은, 마치 나를 향해서 걸어오듯, 건널목을 건너오고 있다. 그 모르는 여자가 나를 향해서 걸어오는 그 순간만이 '완벽'하고, 이 완벽은 이미 내적으로 무너지고 있기에 더욱 완벽할 수 있다.

첫사랑이라 이제사 조용할까

첫사랑이라
이제사 조용할까
촛농엔 붉은빛이 더했지
은백색 파라핀에 핏발 선 눈이 비치곤
오늘 땅을 스치는 인연이 숨가쁘게 연역(演繹)되었지

오직 당신으로부터만 연원한다고 믿었던 밤들
명운(命運)도 잠들고
인연도 다한 시간이면

나 모르게 신을 부르고
신도 모르게
당신을 불렀지

—— 웃지 않고서는 되돌아볼 수 없는 그제에, 울지 않고서는 납득
할 수 없는 그제였다.

사창(紗窓)에 동살이 돋기 전이면

임금이 박 참판(參判)(1417~1456)을 주살한 날 밤에
누이 박씨의 처소를 찾았다
갈모산방에 춘연(春燕) 새끼 소리가 어지럽고
초승 아래 접동새가 피를 토했다
박씨는 촛농으로 심지를 낮추고
눈 밑까지 연지분을 개워 넣었다
임금의 어잔(御盞)이 치면하게 붉어지면
박씨의 눈물은 되려 맑아졌다
사가(史家)는
운명이 닫은 문을 인연으로 열었다고는 차마 쓰지 못했다
사창(紗窓)에 동살이 돋기 전이면
사람의 시간이 아니었기에

── 남녀가 살을 섞어 새끼를 낳는 일에서, 혹은 인간의 문화가 바야흐로 시작되는 바로 그 조짐의 틈사위에서, 인간의 문화는 언제나 조금씩 무너지고 있다. 여담이지만, 이 무너짐이야말로 곧 인간으로서의 세워짐이기도 하다. 섹스에의 열정은 언제나 통시론적인 탓에 무시간적이다. 사랑은 근본적으로, 아니, 훨씬 더 근본적으로 비정치적이다. 그러므로 '풍경이 역사를 숨긴다'는 말의 함의는 이성(異性)의 피부에서부터 가장 강력하게 시작한다.

연인을 잃고 스승을 찾다

戀人을 잃고서야 옛 스승을 찾는다

느티나무 길 길게 돌아
산밤을 채반에 담았다
졸린 문으로 슬프지 않은 햇살이 길어
까치감 외로운 계절
손을 씻어
체한 마음을 다스린다
입산(入山)이 깊은 스승은 말없이 내 과거를 떠올리며
마른 걸음에 조용히
어린 새들만 뒤쫓고
소매 깃 속에 담은 세상은 여태 풀어놓지 않는다

뼈만 남은
옛 스승 바람 쫓아 미소하면
그 발끝에 입맞추고
새 인연을 다시 물을까
흰나비 날고 은붕어 뛰는 아스라한 적멸의 사이

── 스승이라는 존재는, 언제 그리워하게 되는 것일까. 이 시대의 그리움이 죄다 숨가쁜 리비도에 먹혀든 사이, 옛글 속으로 들어가서 되돌아오는 걸음 속에는 하이얀 창결(悵缺)이 스며든다.

젊은 네가 죽었다

젊은
네가 죽었다
원망도 접고 약속도 잊고
산그늘 속 이내처럼 하아얗게 지나갔다
찔레꽃같이 붉게 터지던 네 말들
강변 노을을 잡아채며 풍비(風飛)하던 갈색 머리카락
재색 나비처럼 뒤를 버리고
간 곳 없다

네 죽은 자리에 꽃 피고
도시의 붉은 불빛들 몸을 섞어도
짧은 추억을 넘겨주고 얻은
희광(曦光)

가을물처럼 흐르거라
닻 잃은 돛배처럼
가거라

── 수년 전 초봄에 나는 안타까운 죽음을, 이상한 이별을 하나 겪었다. 나와 인연이 있는 여성으로, 한때는 내 학생이기도 하였는데, 아주 젊은 나이에 죽었고 그 죽음을 앞뒤로 묘한 기미(機微)의 드라마가 있었다. 거의 10년 가까이 변변한 연락이 없다가, 어느 날 그이의 대학 선배 M으로부터 더뻑 연락이 왔다. L이 긴 암 투병 끝에 병이 깊어져 병원에서도 포기한 상태로 칩거하는 중이라면서 나를 만나려 한다는 전언이었다. 나는 M의 도움으로 L의 거처에 찾아가서 한 시간가량 만나고 돌아왔다. 그 정황이 불쌍하고, 청신하였던 그 옛날의 모습이 떠올라 잠시 눈물을 뿌리기도 하였다. '다음 주에 다시 올게'라고 말하며 헤어졌는데, 바로 그다음 날에 죽었다는 기별이 왔다. 이 일을 두고 그 지기들은, 'L이 교수님을 만나고서야 죽을 수 있었다'고들 하였다. 그날 나는 L과 헤어져서 돌아오는 길에 해괴(駭怪)한 일을 겪어 그이의 운명을 직감할 도리밖에 없었다. 기차를 타고 돌아오다가 막 밀양역에서 내리려고 나오는데, 객실과 객실 사이의 승강구에, 스무 살의 L이 오똑하니 서 있는 것이었다. (당시의 L은 사십대 중반이었다.) 너무나 기이하여 나는 그 아가씨에 바투 붙어다니며 보고 또 보았지만, 영락없이 L의 젊은 모습이었다. 나는 믿기지 않는 걸음으로 100여 미터를 쫓아가며 그 아가씨를 살피다가, 그만 이 사람을 놓아주어야겠다고 여겨 몸을 돌리고 말았다. 나는 내심 거꾸로, 이 기묘한 우연이 혹 상서로운 전조(前触れ)가 아닌가, 내 멋대로 발심하고 기원하기도 했던 것이다. 그런데 바로 그 이튿날 M이 전화를 해선 L이 죽었다는 것이었다.

첫사랑(2), 남의 여자

아픔은 저 홀로 깊어도
남의 여자라서

매일의 애상이
그대가 달로 떠오를 여울 하나 만들지 못하고
애써 깊어진 그 여울에
그리움 하나 비추지 못해도

제 죄를 숨긴 채 바삐 오가는 사람들
추억을 팔아 내일을 준비하고
TV 속의 여인들은 기약보다 속히 마중을 나오는 매일

화인(火印)같이 박힌 붉은 말
어쩌지 못해도
남의 여자라서

── 나는 '사랑'에 관해서 그 누구보다 할 말이 많은 사람인데, 그것은 어느 정신분석학자의 지적처럼, 사랑의 현상과 그 해석의 망(網)은, 실제로, 혹은 유비적으로 인간 현상의 전체를 싸안을 수 있을 만치, 이를테면 '대규모세심법적(大規模細心法的)'이기 때문이다. 『사랑, 그 환상의 물매』(2004)라는 책에 세세히 적었듯, 내게는 이른바 발과 살을 통한 '연극적 실천' 이외에 사랑에 대해 눈꼽만치의 환상도 없지만, 사랑을 아는 자 실로 인간을 아는 자이기 때문이다.

고양이를 묻는다

노변에 묻은 고양이의 얼굴에
그 여자가 되살아났다

'고양이 미인'이라 자신을 소개하곤
푸른 치마를 들썩거렸지
삼상(三相)이 하루같이
고양이가 호랑이가 되도록
제 버릇 속에
정한 생각 속에
언제나 이뻤지
냐옹

오늘도 묻는다
검은 도로 위에 핏빛으로 납작해진 고양이
가시 돋친 추억을 묻는다

── 사람, 특히 그 얼굴은 때론 놀랍게도 짐승을 닮았다. 내게는 언젠가 행인들이 죄다 짐승의 꼴로 보일 때가 있었다. 정신병도 아니고 종교적인 환시도 아닌 이 경험은 동서고금의 여러 선학이 제법 언급해둔 바가 있다. '벌거벗은 여인은 그 백골을 떠올리게 만든다(La contemplation d'une femme nue me fait revêr à son squellette)'던 플로베르나, '공부가 완숙해진 다음에는 자신의 몸이나 타인의 몸이 모두 백골로 보인다'던 이토 진사이(伊藤仁齋, 1627~1705)의 경우 등을 비견해볼 수 있다. 예부터 선가(禪家)에서는 '일체의 상을 벗어나면 곧 부처(離一切相卽是佛)'라고들 하였는데, 그 경험들은 이 길의 한 풍경을 드러낸다.

나는 자객(刺客)이었지

오백 원 주고 건진 배추 한 포기
속을 갈라보다가
칼을 고쳐 쥔다
먼 옛날
나는 자객이었지
가만히 그 슬픈 노래를 불러와선 식은 가슴을 다시 채운다
어느 날

절대무공의 꿈이 이루어지면
넥타이는 죽지(竹枝)에 벗어 걸고
안경은 오동꽃에 숨겨 묻은 채
낡은 행전(行纏)이라도 전립(氈笠)은 고쳐 쓸 거야

동화 같은 해가
붉은 물을 뿌리고 떨어지면
검은 숲 너머 해자의 늪을 유성처럼 건너뛰어
그녀를 인질로 잡은
그놈의 주연을 덮치리라
그놈의 적악(赤堊)이 하아얀 배추포기처럼 갈라질 때까지

── 그러나 근사(近思)가 외려 절문(切問)에 의해 기괴한 상상의 마중물이 되기도 한다. 내가 산문 속에서 그렇게 타매한 '생각'은 늘 쉼 없이 흘러가는 것이다. 그러나 그 생각에 자리와 행방을 잡아주는 일, 바로 그곳에 글(쓰기)이 생기는 법이다.

우체부가 죽었다

우체부가 죽었다
배불뚝이 빨간 가방
은빛 수염
단화(短靴) 위에서 초라하게 빛나는 기억

여느 때의 바람은 제대로 골목길을 돌고
눈송이도 옛 자리를 선선히 기억하지만
느닷없던 초인종
언제나 늦은 듯 열린 문가에
신화처럼 웃던 옛 기억
소식이 소식을 잉태하는 낯선 세계에서 영영
제 모습을 숨겼다

가을 하늘 같은 하아얀 편지
토란 속 같은 내 사연은 잊은 채
이름조차 얻지 못한 인연에
속달로
죽어버렸다

── 언제부터인가 우체부는 '종말'의 표상이 되었다. 클릭 한 번으로 기별이 정보가 되어버리는 세상에서 배불뚝이 빨간 가방을 멘 은빛 수염은 신화가 되고 말았다. 기별이 없고 소식이 없고 그리움이 없고, 사람이 없다.

그녀에 대하여

담쟁이처럼 온 벽을 휘감은 질긴 생활의 기억을 밟고
그녀는
후회하지 않는 길을 택했다
무명 치마에 은빛 얼레빗을 꽂고
새로 배운
한 마디 한 마디에는 살별이 튀었다

가없는 인연은 적공(積功)의 꽃을 피우고
무사의 걸음으로 미래를 말하는
그녀는
차마 아득한 시선으로 다른 길을 길어
후회의 눈높이를 뛰어넘었다

옆방의 부처

초판 인쇄	2021년 8월 27일
초판 발행	2021년 9월 3일

지은이	김영민
펴낸이	강성민
편집장	이은혜
마케팅	정민호 김도윤 방선영
홍보	김희숙 함유지 김현지 이소정 이미희 박지원

펴낸곳	(주)글항아리│출판등록 2009년 1월 19일 제406-2009-000002호
주소	10881 경기도 파주시 회동길 210
전자우편	bookpot@hanmail.net
전화번호	031-955-2696(마케팅) 031-955-1936(편집부)
팩스	031-955-2557

ISBN	978-89-6735-942-3 03810

www.geulhangari.com